KB145534

물음표에 피는 꽃

곽종철 시인

시음사
시사랑음악사랑

시인의 말

독일의 시인 릴케는 "일찍 시를 쓰면 별로 이루지 못한다. 시인은 벌이 꿀을 모으듯 한 평생 의미를 모으고 모으다가 끝에 가서 어쩌면 열 행쯤 되는 좋은 시를 쓸 수 있을지도 모른다."고 했습니다. 독자들에게 감동을 줄 수 있는 시를 쓰려면 많은 고심을 하고 체험이 중요하다는 말일 것입니다.

세상에는 모르는 것도, 겪어 보지 못한 것도 너무나 많습니다. 그런데도 겁 없이 또 한 걸음을 나가려고 어려운 발걸음을 옮겨 봅니다.
혹시, 세상을 향한 독자들의 물음에 미완성으로 다가가 오히려 갈증만 더하는 꼴이 되지 않을까 염려도 됩니다. 하지만, 때로는 허공에 메아리처럼 흩어지더라도 어딘가에 시원한 석간수 한 모금으로 목을 축일 수 있는 곳이 이 시집 어딘가에 있었으면 하고 은근히 기대도 해봅니다.

삶이 흐르는 곳엔 언제나 고운 정 미운 정이 어우러져 꽃을 피운답니다. 좋으면 좋은 대로 슬프면 슬픈 대로 심금(心琴)을 울릴 수 있는 시 한 줄을 드리고 싶습니다. 이 시집이 독자와의 좋은 인연이 되어 아름다운 꽃으로 피어나기를 소망합니다. 감사합니다.

시인 곽종철

제1부 "뭐"라고 묻는다면

제2부 "왜"라고 묻는다면

제3부 하필이면

제4부 어떻게 할까

QR 코드

제목 : 사부곡
시낭송 : 박영애
스마트폰으로 **QR** 코드를 스캔하면
시낭송을 감상할 수 있습니다.

제목 : 길
시낭송 : 박순애
스마트폰으로 **QR** 코드를 스캔하면
시낭송을 감상할 수 있습니다.

제목 : 낙산을 걷는다
시낭송 : 최명자
스마트폰으로 **QR** 코드를 스캔하면
시낭송을 감상할 수 있습니다.

제1부
"뭐"라고 묻는다면

세월이 흘러가며 너마저 데려갔나
얼굴조차 볼 수 없고
소식마저 끊어지니
너 소식 아는 사람 찾을 길 없구나.
친구야! 정말 보고 싶구나.

친구야

지금은 어디에서 무얼 하고 있나?
'93 대전엑스포 폐막일,
소주 한 잔에 우리 우정 변치 말자고
브라보한 것이 마지막이 될 줄이야.
세월이 흘러가며 너마저 데려갔나
얼굴조차 볼 수 없고
소식마저 끊어지니
너 소식 아는 사람 찾을 길 없구나.
친구야! 정말 보고 싶구나.

내가 지쳐 있고
내가 힘들어할 때마다
너는 달려와 힘을 북돋아 주었지.
내가 외로워하고
내가 방황을 할 때마다
너는 달려와 부모처럼 위로해 주었지.
난, 너에게 무엇을 해 줬는지
너한테 묻고 싶구나.
마지막 머물던 그 자리에서
친구야! 정말 보고 싶구나.

너 없는 한 해가 또 지나가니
내 마음 적막강산(寂寞江山)이로다.
여기저기 송년 모임에
소주잔을 기울일 때마다
잔속에서 너를 만나는구나.
오늘도 그 모습 보고 싶어
한 잔 술로 이 밤을 보낸다.
올해가 저물기 전에
아니, 임진년 새해에는
거칠어진 손 꼭 잡아 보고 싶구나.

봄이 피는 계절

개구리 겨울잠에서 깨어난 나
먼 산에 눈들도
마지막 사리마저 비켜주니
자리에서 일어나 기지개 크게 하며
잔뜩 웅크렸던 몸 활짝 펴고
봄을 끌어안아
봄 냄새 흠뻑 들이마신다.

폭신한 하얀 버들강아지도
아지랑이 손짓 따라
사랑 찾아 헤매고
벌 나비도 분주히 날갯짓하며
임 찾아 헤매 돌다
이름 모를 야생화에 안기어
다짜고짜 입맞춤하는구나.

사랑은 무슨 맛일까?
아마도 새콤달콤한 맛이겠지
무슨 향기 전해 줄까?
물씬 풍기는 페로몬 향기에
사랑 타령 흥얼거리며
임 찾아가는데
내 반쪽은 보이질 않네.

한때 우리 사랑도
아름다운 무지개 같지 않았으랴
들키고 싶지 않아 아무도 모르게
나만의 사랑을 위해
고결(高潔)하고 야릇한 사랑을
사계절이 일백 번 변하더라도
변치 않는 사랑 찾아 헤맨다.

창밖을 보라

그러면,
나뭇잎이 누구를 만나
한들거리는지
손수레 끄는 할머니는
무엇을 찾아 저리 바쁜지
다정한 남녀 한 쌍이
무슨 말에 박장대소를 하는지
내 머릿속에 다 그려지네.
그런데,
푸른 하늘 볼 수 없어
떠가는 흰 구름에게
임 소식 물을 수도 없다네.
먼 산을 바라볼 수 없어
철 따라 찾아온다는 임도,
철이 지나 볼 수 있는 신세라네.
아이고, 무심한 사람아!

사랑이 고픈 사람들

교동 집이란 큰집 뒤편
골방에서 다져진 임의 뜻
그리워서 찾아왔소.

어깨동무 꿈나무
잘 자라게 다독거리시고
안방의 깊은 사랑
고통받고 소외당하는 이에게
아낌없이 베푸셨으니
그 사랑 알알이 쌓여
영원한 임으로 내 곁에 남았소.

임이시여! 그대 사랑
가뭄에 단비처럼 기다려진다오.
태양이 있는 날까지
온 누리에 골고루 뿌려주오.

교동 집(校洞 宅): 충북 옥천군 옥천읍에 위치한 고 육영수 여사의 생가

지구를 떠나라고 하지 마라

세상에 누구도 하늘에서 떨어진 게 아니다.
티끌보다 작은 먼지에 불과하지만,
누구나 지구 일부다.

죽어서 흙으로 돌아가고 한 줌 재가 되더라도
그대는 지구에 머물지 않겠는가?

금수(禽獸)가 죽더라도 마찬가질 것이다.
생성과 소멸이라는 순환 여정이 반복될 뿐이다.

나의 소멸은 당신 생성의 일부요.
당신 소멸은 나의 생성 일부가 되기 때문이다.

마음에 들지 않는다고 지구를 떠나라고
큰소리치지 마라.
떠나고 싶어도 떠날 수 없는 존재들이다.

벗어나려도 벗어날 수 없는
굴레를 짊어진 우리네들,
네 속에 내가 있고 내 속에 네가 있으니
떠나라고 소리치는 것은
스스로 내뱉는 푸념일 뿐일세.

하룻강아지

세상 물정 모르는 건가
겁이 없는 걸까
신출내기 나서네.

"덤비려면 덤바라"는 듯이
멋모르고 나서니
뒤도 안 돌아보고 달아나는 범도 있네.

그대들은 이러쿵저러쿵하지 마라.
젖 먹던 힘 다하고 있는 재주 다 부린
목숨 걸은 그 심정 알까.

창 밖에 세상

가던 길을 멈추고 시린 손 호호 불며
눈사람 만드는 아이 좀 보소.
코를 붙이면서 귀는 붙이지 않네.
무엇을 읊어 대며 혼을 불어넣고는
그리워 보고 싶은 얼굴 다 닮게 해달란다.

차가운 칼바람 속에서도
한 주머니에 두 손을 넣고
다정하게 걸어가는 청춘 남녀
무엇을 속삭일까 어디를 갈까
하얀 성에 낀 창문에 그려본다네.

나뭇가지에 앉아 몸단장하는 새 한 쌍
정다운 입맞춤으로 정을 나누며
한껏 사랑놀이에 여념이 없더니만
어디론가 훨훨 날아가 버리니
내 마음 둘 데 없어 바라만 보고 있네.

창살 없는 벽을 넘어 거침없이
더 높은 하늘을 날아보고
더 넓은 들판도 달려보고 싶다네.
울타리 없는 세상에 둥지를 틀 때
당신과 함께라면 더 좋으련만

남쪽으로 보내는 편지

동장군이 높은 산에서 내려 보고
지금은 갈 때가 아니라며
눈을 부라리고 있으니
올라올 때 조심스레 오너라.
그래도 다행인 것이 낮에는
해님이 따뜻한 햇볕을 비춰 주네.
밤이 되면 찬바람이 몰려와
따뜻한 아랫목이 아직 그립기는 하지만.

진달래 개나리는 눈 속에서도
꽃망울을 피울 준비를 하고
겨우내 움츠렸던 강아지는
양지바른 처마 밑에서 졸고 있단다.
오고 가는 사람들이
'개 팔자가 상팔자' 라며 핀잔을 줘도
단꿈을 꾸며 임을 만나고 있는지
아량 곳도 하지 않네.

지금은 어디쯤 오고 있나.
하루해는 더디 가는데
대동강도 풀린다는 우수(雨水)도 지났으니
대문 활짝 열고 멀리 떠난 자식 기다리듯
너를 기다릴게.
같은 값이면 꽃바람 타고 오너라.

봄나들이 여인

봄맞이를 가는가 보네.
발걸음이 가볍네.
바람은 시샘을 하는 듯
한겨울 칼바람처럼 쌀쌀하다만
여인들의 치맛자락에 봄은 왔나 봐.

임 마중을 가는가 보네.
얼굴은 달덩이처럼 훤하네.
입이 귀에 걸릴 것 같아
듣지 않아도 숨결 소리 짐작이 간다.
임 만날 생각에 발걸음을 재촉하나 봐.

스치는 바람결에 여인의 향기 맴돈다.
가던 길 멈추고 살포시 안겨올 것 같아
사랑에 목말은 나, 발걸음을 멈추었네.
임 만나러 가려거든 봄소식은 주고 가소.
그마저 가져가면 나는 어떡해.

봄날은 간다

지나가는 바람결에
꽃잎마저 떨어지면
머물 수 없는 그대,
내 마음을 흔들어 놓고
소리 없이 훌쩍 떠나려 하네.

오시자 떠나시려니
아쉬움만 가득하여
땅이 꺼지라고 한숨만 쉬네.
가던 임도 슬픔에 젖어
발걸음을 머뭇거리네.

그래도
봄날은 간다.
세월도 가고
내 인생도 가고
꽃잎도 지네.

할미꽃

눈 녹은 산과 들에
봄을 알리는 그대는
누구를 못 잊어
꽃으로 다시 피어났나.

전생에 무슨 업보로
젊어서도 늙어서도
허리 한 번 펴지 못하는
꼬부라진 그대인가.

세 자매가 남긴 전설에
슬퍼하며 눈물짓는 이도
뉘우치고 후회하는 이도
너그러운 그대 향기에 젖어
이른 봄 햇살처럼 살아가잔다.

봄에 오는 불청객

꽃샘추위 갔나 싶어
잎망울 피워 보려는데,
봄바람 산들거려
꽃망울 피워 보려는데,
웬일로 소식 없이 너희가 찾아오나.

추운 겨울 또 오려나, 두꺼운 옷 다시 입은 데
해를 가린 먹구름은 진눈깨비 몰고 오네.
반가운 훈풍 한사코 밀어내는 찬바람 좀 보소.
줄 것이 없거들랑 그냥이라도 오지
쓸모없는 황사는 누가 데려왔나.

영동에 진눈깨비 내일이면 그친다는데
여의도의 먹구름은 언제쯤 걷힐까.
따뜻한 봄바람에 임 소식 기다려지네.
그래도 새누리에 잎 나고 꽃이 피는
봄날은 찾아오겠지.

목련화 질 때면

봄바람이 간질였나
나뭇가지에서 떨어져
너부러진 꽃잎 좀 보소.
아예 길섶에 드러누워 있네.

그대는
눈발을 헤치며 찾아오는 봄에게
내 사랑 임에게로 찾아갈 때에
길잡이 인생살이였는데.

벌 나비 찾아올 겨를도 없이
임과 만날 약속일도 되기 전에
피고 지는 삶을 무어라 부르리까.
눈꺼풀 엷게 뜨고 말 좀 해보렴.

진달래꽃

온갖 멋 다 부리고도
수줍어 숨어 있는
내 임처럼

울긋불긋 꽃단장하고도
산골에만 머무는 그대는
연분홍 꽃잎 피워 무얼 하시려나.

아마도, 살랑 되는 봄바람에
꽃향기 실어다가
봄 처녀 가슴 불타게 하시겠지.

온 산이 불타오르는 듯
그대가 만발할 때면
내 마음도 붉게 타오릅니다.

4월이 오면

연초록으로 단장한 앞산은
연분홍 옷으로 갈아입고
내 잠든 추억을 깨우려는데
벌 나비도 날개를 펴고
꽃을 찾아 헤매는데
4월이 가장 잔인한 달이라고,

벚나무는 꽃잎을 휘날리면서
여인의 계절을 알리고
개나리 노란 꽃잎으로
은근한 향기 보내주니
모두가 웃음으로 맞이하는
기분 좋은 날들인데도.

꽃잎 떨어지니 잎 피어나는
계절의 윤회(輪廻) 앞에서
슬픔만 안겨주고 떠나버린
임이 행여나 돌아올까
잠시라도 더 머물고 가라며
붙잡아 놓고 싶은 날이기도 해.

막차

떠나가는 기차 꽁무니만 보고
있는 힘 다해 달려보지만
끝내 한숨을 쉬며 주저앉게 하는 너

빨리 떠난다고 넋두리해보지만
시간을 멈추게 할 수 없어
안타까운 마음에 기적을 울린다는 너

몸은 여기 있어도 마음은 함께 가네.
산모퉁이 돌아가 그대와 함께 내려
두 손 마주 잡고 집 앞까지 동행하네.

떠나가는 네 모습이 사라질 때면
마음속에 그려진 그대마저도
안개처럼 사라질까 내 가슴 조이네.

유채꽃 연가

누구나 지나다니는 길가에
이름 모를 꽃이 활짝 피었네만
눈길조자 주지 않더니

청보리 내음에 유채꽃 만발하니
바람에 일렁이는 꽃물결도
그대 마음엔 파도처럼 밀려가
오로라를 보는 듯 황홀경에 빠져드네.

붉게 물든 구름 꽃이 피어오르면
노랗게 물던 그 마음도 전하고 싶어
포근한 품에 안기운 채 눈을 감는다.

영원한 동반자 그대에게

희망의 꽃이 피었습니다.
믿음의 꽃도, 사랑의 꽃도 피었습니다.
정성 어린 그대 손길로 피워온 꽃이기에
우리 가슴에 행복의 꽃이 가득합니다.
삼천육백오십 꽃송이로 꽃다발을 만들어
사랑을 고백하듯 그대에게 드립니다.

우리들의 꿈, 엄마 품처럼 포근한 삶
그대가 꽃망울을 터뜨렸습니다.
여유롭고 풍요로운 노후 삶을 위하여
그대를 믿고 의지할 수 있어 든든합니다.
그대는 어둠을 밝혀주는 햇살이 되고
미래를 지켜주는 지킴이로도 자랐네요.

그대여! 늘 함께 해 주오.
한 푼 두 푼 모은 자산 차곡차곡 키워주고
우리 가족 지켜주는 파수꾼도 되어 주소서.
어려울 때 보듬어 줄 동반자가 되어 주소서.
두고두고 행복만을 키워 줄 그대에게
이제 꽃다발을 드립니다.

꽃다발을 받으세요.

과학기술인공제회 제10주년 축시로서,
과학기술인공제회 10년사 "동행"에 수록(2013. 5. 28)

아카시아꽃 향기

뻐꾹새 소리 맴도는 뒷산에
하얀 아카시아꽃 피고
바람결에 너울지는 보리밭
송아지 엄마 찾는 소리
흰 연기 피어오르는 초가집
모두가 그리운 내 고향입니다.

고사리 같은 손으로
가위 바위 보 하면서
아카시아 잎 따먹기 하고
꽃다발 걸어주며 사랑놀이하던
그 소녀 더욱 그립습니다.
그 추억에 잠들고 싶네요.

아카시아꽃 필 때마다
더 깊고 진하게
내 가슴속으로 파고드는
싱그럽고 향긋한 그대 향기,
그땐 왜 몰랐을까.
사무치게 그리운 흔적인데

산수유꽃

아슬아슬하게 겨울을 넘기고
살랑대는 봄바람에 행복을 찾아
꽃망울이 피어나는 꽃이로군요.

가지마다 수줍게 핀 산수유꽃,
꽃향기에 굶주린 상춘객은
아지랑이처럼 피어나는 임 생각하리.

봄이 아닌 봄날에 피는 꽃,
홀연히 피었다가 홀연히 저버릴까
연기 없이 타는 마음을 알겠느냐?
산수유꽃아!

목련화 연정

봄볕 아래 붓처럼 맺은 꽃망울이
어느새 백옥같이 핀 목련화야,
그대 향기에 이끌린 새들도
나처럼 여기서 날개를 접네.

이루지 못한 사랑의 넋이
다시 꽃으로 피어난 그대처럼
희미해져 간 임 소식 다시 올까
북쪽만 미련하게 바라보는구나.

같이 피고 함께 지는 그대처럼
향기라도 함께 나누면 좋으련만
어차피 나눌 수 없는 정이라면
낙화(落花) 진다고 울지 않으리.

싱그러운 오월

초목의 새잎이 푸른빛으로 갈아입고
소쩍새 소리마저 평화롭게
신록의 계절을 알리네.

힘찬 기운 받아 만물이 소생하고
가지마다 살이 오르는
희망의 계절이기도 하네.

화사하고 정열적인 장미로
사랑과 젊음이 다가오는
불타는 청춘의 계절이라오.

라일락 꽃향기는 그대 향한
부푼 마음 더욱 설레게 해
계절의 여왕으로 머물고 싶소만
나 또한 지나가는 과객(過客)이라오.

눈물로 피운 꽃

임이여! 그대는 무슨 노여움을 못 풀어
뒤주에서 눈을 감고 배봉산에 잠들었소.

바라만 보던 그대 아들은,
효도 한번 하지 못한 목마름에
한을 풀고자 화성으로 모시고
그대를 수시로 참배하기 위해
행궁도 짓고 용주사를 지어
한 많은 그대 넋을 위로하잖소.

그대 사랑을 그리워하는
혜경궁 홍씨 마음마저 헤아려
봉수당을 세워 회갑연도 베풀고
장락당을 세워 만수무강을 빌며
낙남헌에서 양로연을 베푸니
태양 같은 군주라며 칭송이 자자하오.

그 아버지 그 아들이라,
손자 또한 대단하더이다.
둘도 없는 아버지를 기리는 마음에서
화령전을 짓고 편액을 직접 쓰고도
어진께서 추워하실까 봐 마음고생 하더니
구들 놓고 군불 지펴 따뜻하게 하더이다.

그대 눈물은 효심으로 피어났어요.
그 꽃이 질까 봐 "효원의 종"은 울립니다.
팔달산 정상에서 끊임없이 메아리칩니다.
부모님을 위해 종을 울리고
가족들을 위해 또 종을 울리고
자신을 위해 또 종을 울리게 해
동방의 등불, 예(禮)의 나라
영원하고 찬란히 빛나게 하소서.

2013. 6. 3 수원화성, 화성행궁을 탐방하고 지극한 정조의 효심을 적은 글

민들레꽃의 구애(求愛)

둑길을 걸어가다 보면
바람 타고 와 천박한 땅에
날개깃처럼 잎 키우고
짓밟혀도 뿌리내리며
모질게 자라는 민들레야,

들을 노랗게 물들이고
봄놀이에 한창이지만
그 임은 보이질 않네.
돌 틈새에 자리 잡은 그대는
누구랑 속삭일까.

겨우내 기다리고 기다리던
벌 나비가 찾아오겠지.
꽃바람을 타고 오겠지.
살금살금 소리도 없이
봄 햇살에 날개를 펴고

연둣빛 피어나는 소금강

연둣빛 피어나는 소금강에
봄눈이 가득하니
오던 봄이 머뭇거리는데도
계곡물 소리는 봄노래를 부르네.

옥황상제 놀던 곳이 무릉계라지
내 마음도 내려놓고
함께 어우러져 취하고 싶네만
해님은 내 발길을 재촉하는구나.

칠 선녀가 노닐던 연화담에
장갑을 벗어 놓고 손을 씻으니
고운 살결 닿는 것처럼
가슴이 찡하며 봄이 되는 듯하네.

구룡폭포의 장엄한 물소리에
한 많은 노랫가락을 실어본다.
소(沼)를 맴돌다 떠나려는 물은
낮게 흐르는 채비를 하면서
나보고 언제 오려나며 묻네.

제2부
"왜"라고 묻는다면

손잡을 데 없는 높은 담벼락
어디라도 기어오르는 집념
보이기 싫은 곳은 감싸주고
쉴 곳도 내어 주는
그런 삶을 그대는 살더라고

작은 고추

"작은 고추가 맵다."는 그 말,
울 엄마가 즐겨 쓰셨는데

키 작은 자식 기죽지 말라고
하시던 말씀이라오.

그런데 더 잘하란 바람으로
선생님도 동네 어르신도
곧잘 해주시던 말씀이라오.

그 고추 먹고 자라
올곧게 자란 너
과연, 작은 고추가 맵더냐.

콩 타작

가을 햇살을 머리에 이고
꽃놀이 단풍놀이 뿌리치면서
도리깨로 열심히 너를 뚜드린다.
"얼마나 맞아야 다 빠질까?" 라면서

햇살의 간지러움에 저절로 나오는 놈
도리깨 한 방에 못 참겠다고 나오는 놈
뚜드려 맞고도 못 나오겠다고 버티는 놈
하지만, 너 쌓이는 재미에 도리깨질해댄다.

신 나는 노랫소리에 새참 이고 오는 아줌마
너를 밟아 미끄러져 엉덩방아 찧고
뛰어오는 개구쟁이 벌러덩 나자빠져
"재수 없다"며 천연덕스럽게 웃는다.

맑은 물에 뽀얗게 몸을 씻고
너는 장작불 땐 무쇠솥에 들어가
솥뚜껑이 들썩거리도록 슬피 울며
메주로 태어날 또 다른 내일을 꿈꾼다.

내 삶을 물으면

때로는 웃고
때로는 울었지
생각해 보면
울은 날이 더 많았다고.

너무 아프고 힘들어
때로는 자포자기해
모든 것을 내려놓고 싶었지만
담쟁이를 바라보며 변했다고.

손잡을 데 없는 높은 담벼락
어디라도 기어오르는 집념
보이기 싫은 곳은 감싸주고
쉴 곳도 내어 주는
그런 삶을 그대처럼 살겠다고.

충만한 열매를 맺기 위해
숨 막히는 나날이라도
주저앉아 뒹굴기보다
쉼 없이 오르고 또 오르리라.

문화 향기를 찾아서

〈한국가사문학관에서〉

누정(樓亭)이 세워지니 선비들도 찾아들어
갈고 닦고 시회(詩會)도 열었으니
가사문학 토양 되었다네.

면앙정(俛仰亭)엔 담론 소리 배어나고
술이라면 자다가도 일어난다는 송강이지만
옥배(玉杯) 한 잔에 관동을 풀어내었다네.

실타래 풀어내듯 가사문학 해설사도
말하는 듯 노래하는 듯
쟁반 위에 옥구슬 굴리듯 하니
심금을 울려놓고 아쉬움도 남겨 놓네.

〈소쇄원(瀟灑園)에서〉

세속에 묻은 때를 씻어나 볼까 하여
소쇄원을 찾아가니
담에 걸린 "소쇄처사양공지려(瀟灑處士梁公之廬)"가
오는 이를 맞이하네.

제월당(霽月堂)에 반기는 이 없지마는
광풍각(光風閣)에 모인 손님
그대 기상 배워가오.
드나들던 사림 명사 발자취만 남아 있고
담론은 바람 소리 되어 귓전을 울려주네.

오늘도 맑은 물에 발 담그고 싶지마는
세속의 온갖 유혹 아직도 남아 있어
청량한 바람 안고 갈 길만 재촉하네.

은행나뭇잎

젊은 은행 나뭇잎도
계절의 기침 소리에
노랗게 물들너니
끝내는 추풍낙엽이 되는구려.

희생일까
사랑일까
아니면 그 무엇일까

떨어지는 춤사위를 보노라면
모든 짐 다 내려놓고
베풀 것이 더 없나 싶어
뒤적이는 당신 같구나.

황혼길 사색

황야에 말 달리듯 앞만 보고 달려와
먼지만 일으키며 달려온 머나먼 길
뒤돌아보니 인생무상을 실감하네.

찾는 사람도 없고 약속도 없어
마땅히 갈 곳도 없지만
무작정 집을 나와 전철을 타는 이로다.

장마가 들면 물은 많아지나
마실 수 있는 물은 오히려 적은 것처럼
많은 사람 속에서 고독을 씹는 신세로다.

풀잎에 맺힌 이슬 사라지듯이
단풍잎 한 잎 두 잎 떨어지듯이 홀로 남아
석양 녘 붉은 하늘에 임 얼굴 그려보는 이로다.

낙화

살랑대는 봄바람에
떨어지는 꽃잎 보소.

눈물처럼 떨어져도
달님처럼 웃고 있네.

벌 나비는 초조하여
쉴 새 없는 날갯짓에
쉴 틈조차 없다마는

꽃놀이에 넋 놓은 이,
웃음꽃이 만발하네.

꽃잎 진 그 자리에
새 생명이 잉태하니
기쁘기도 할 걸세.

봄맞이 아낙네

졸졸 흐르는 개울물이 부르고
봄바람이 어깨동무하잔다.
눈부신 햇살 힐끗 쳐다보고는
논둑길 밭둑길 살피는 아낙네들,

새싹들 만나는 반가움에 내민 손인데
어느새 냉이는 덥석 소쿠리에 안기네.
머릿결 같은 달래는 곁눈질하고
묵은 풀에 얼굴 내민 쑥도 함께 가잔다.

아낙네 손길 따라 소쿠리로 모여든
파릇파릇한 봄나물들,
향긋한 봄 냄새로 자연을 안겨주니
주름진 얼굴에도 생기(生氣)가 돌아드네.

다산 유적지 답사 소고

개나리 꽃망울이 살짝 내밀 때쯤
남한강 북한강이 하나 되는
마재마을에서 열수를 만났도다.

대실학자의 첫마디가 유배생활 18년도
내 인생이라며 말문을 연다.
고통스러운 생활 속에서 제자를 가르치고
경서를 탐구하고 시까지 써가면서
마음을 다스리고 보니 500여 권 책들을
자식처럼 두게 되었다네.

거중기 만들어 속성으로 화성 쌓고
배다리 놓아 사도세자 참배 길 텄으니
군주의 마음이 보름달처럼 밝아지더라.
다산의 지혜로움은 가히 없구나.

사방에서 엿보는 이 많이 있어도
하늘을 원망하지 말고
사람을 미워하지 않으며
여유당에 머물면서
학문도 생애도 마무리하며
말년을 보내고 싶다네.

너도 가고 나도 가는 길, 가야지
결혼한 지 60년 되는 날에
조선의 혼을 품고 깊은 잠이 들까 하니
못다 한 이야기는 발자취를
살피고 가라신다.
그대 영혼 고이 잠드소서.

단종, 찾아오셔 이르기를

삼면은 물이요 한쪽은 육육봉이라.
육지 속의 작은 섬, 청령포를 아시나요.
왕위를 찬탈한 수양이 마련해 준
나, 노산군이 거쳐 할 유배지란다.
절절하고 비통한 유배생활 읊어 볼까.
내 답답한 가슴을 관음송은 알리라.
영도교에서 생이별한 왕비가 그립구나.
망향탑을 쌓아 볼까.
한양이 그리우면 노산대를 찾아간다.

사육신 생육신이 불사이군 지키려다
청령포로 쫓겨 오니 궁녀들도 찾아오네.
하늘도 노했는지 큰 홍수 지더니만
관풍헌으로 또 쫓기고, 금성이 사사되자
왕방연이 찾아와 함께 가라며 채근하네.
내 육신 거두려고 자기 목숨 버리는
엄흥도의 충절 보소.
사슴도 탄복하여 묏자리까지 봐주더이다.

충신들의 넋이여!
한 많고 애달픈 영령들이여!
550년 만에 국장도 치러 주고
위패도 모시고 제사까지 지내주니
모든 회포 다 풀린 것 같네만
아직도 이 마음은 편치 않으리.
피어오른 꽃봉오리 꺾어버린 자들아,
두 눈을 감지 못한 영령들 달래다오
역사의 향기, 쉬지 않고 흐른다.

덧없는 인생

세상에 올 때는 울음으로 알리고
떠날 때는 말없이 잠이 든다네.

때로는 기쁨과 즐거움으로
때로는 슬픔과 괴로움으로
살아 있음을 알아보더라.

인생의 쓴맛도 단맛도
모두가 내 인생이니
인생무상(人生無常)이어라.

진달래꽃 필 때면

진달래꽃 필 때면
그냥은 지나칠 수 없는지
사뿐히 날아드는 산새들.
모든 이가 산새의 사랑놀이에
넋을 잃고 바라보는구나.

진달래꽃 붉게 필 때면
봄 처녀 마음에 둥근 달이 뜨고
총각 눈에는 콩깍지가 낀다더라.
손가락 걸며 사랑을 다짐하는
부러운 청춘 남녀들,

진달래꽃 필 때마다 두견새 울고
두견새 울적마다 깊은 정 피어나니
빛바랜 사진 속에 그 임이 그립구나.
봄이 오고 스쳐 가는 삶 속에서
혼자만의 흥얼거림인가.

고난에 찬 비애(悲哀)

쉴 새 없이 불어오는 바람도
하늘을 나는 새들도
철조망은 의미 없는 쉼터일 뿐인데
정작 나에겐 왜 절벽으로 다가올까.

열 일을 제쳐놓고 너 보고 싶어 왔다만
안개 뒤에 숨었나.
우거진 나무숲에 숨었나.
이 높은 곳에서도 너 보기란 쉽지 않구나.

꽃 필 때면 꽃소식
파도가 넘실대면 파도 소리
온 세상이 붉게 물들 때면 단풍 소식
철 따라 보내지만, 답장 없는 무심한 임아!

분칠하지 않은 너의 민얼굴을 보고 싶구나.
바람이라도 되어 볼까 날개라도 달아 볼까.
벅차오르는 비애는 안개비에 씻어 버리고
너 마음에 돋아난 독버섯은 가칠봉에 묻어두자.

두타연(頭陀淵)

오십 여년 떨어져 지내온 그대이기에
다가가는 것만으로도
얼마나 아름다워 졌을까 싶어
비경을 찾아가는 설레는 마음으로
순한 양처럼 길 따라 그대를 찾는다.

자유로이 드나들던 그 옛날
무참히도 꺾이고 짓밟힌 탓에
가슴 조이던 때가 어디 한두 번이랴.
제 맘대로 자란 숲 속에 핀 야생화야,
이제는 인간의 발길이 더 그리운가?

내금강 물줄기가 이어진다더니 그대는,
통일의 염원을 담아 한반도를 그리고
우레와 같은 폭포수를 만들어
옥이 부서지듯 하얀 물거품을 일으키며
흘러내려 앉아서 숨을 고른 곳이라네.

쏟아지는 폭포수야, 보덕굴도 보고 싶네.
열목어를 만나려도 제 갈 길만 가는구려.
물빛도 산빛도 모두가 푸르고 나
흘러가는 푸른 물에 새 소식을 실어본다.
평화에 목마른 사슴이 여기에 왔다고,

장마철에 보는 해

오르락내리락하면서
비구름을 몰고 다니면서
천지를 물바다로 만드는 장마전선,
너를 바라보는 눈길이 예사롭지 않네.
네가 머물고 있는
중북부 지방에는 물 폭탄 세례인데
북태평양 고기압의 가장자리에 있는
남부 지방은 햇볕이 쏟아진다나.
병 주고 약 주는 고약한 짓들이
어찌 네 탓이라고만 할 수 있으랴.
먹구름 뒤에 보이는 해야!
그대 본 지도 오래되었네만
뒤에만 있지 말고 앞에 나와
천둥 번개는 멀리 보내고
뭉게구름 데려와 다오.
보이다가 사라질 그대 모습에
내 마음을 전해본다.

못다 핀 꽃들아

억장이 무너지고 애통해도 이제는
너희들을 보내야 되는가 보다.
돌아올 수 없는 강을 건넌다니
너도 나도 하늘도 울었다오.

더 높은 곳을 향하여
젊음을 불태우던 붉은 꽃들이
시들지도 않은 채 떨어지고 말았으니
운동장에는 울음바다가 되었도다.

꽃다운 꽃 피워보지도 못한 채
떨어진 꽃들은 말이 없구나.
성난 파도도 입을 다물었네.
모두가 "미안하다"는 말뿐이네.

못다 핀 꽃들아!
남아있는 자는 목 놓아 외친다.
피우지 못한 꿈들은
더 좋은 세상에서 펼치라고

여행

다람쥐 쳇바퀴 타고 돌 듯
따분하고 지루한 삶이라면
누구나 일탈(逸脫)을 꿈꾼다네.

어디론가 훌쩍 떠나야지.
아무 생각도 없이 떠나야지.
발목 잡는 일이 많아도 떠나야 해.

막상 떠나려니 망설여지네.
구름자락을 허리에 두른 산으로 갈까
갈대 우거진 물안개 낀 강으로 갈까나
어디든 가슴 설레는 곳에 안겨보자.

가뭄에 굳은 땅처럼 되어버린
심신에 단비가 되어 풀어주고
삶의 활력소도 불어넣어 줘
자신을 되찾게 해주는 게 너란다.

세월도 비켜가나, 도봉산아
– 도봉산 둘레길에서–

도봉산 둘레길은 아직도 늦여름인가?
설악산 단풍 소식이 전해진 지가
꽤 오래된 것 같은데,
전망대 올라가 그대 모습 살펴보고 알려야겠네.

꽃보다 아름다운 단풍이라지만
쪽빛 하늘 아래
보란 듯 싱그러운 그대의 젊은 자태
내 마음엔 부럽네.

묻노니, 그대에게
거기는 별천지라
세월도 비켜가나.

단풍잎에 기댄 세월

앞만 보고 걸어온 걸음걸이를
이제 물들어가는 단풍에 멈추고
파란 하늘이란 거울 속에 비진
내 모습을 바라본다.

단풍은 바람결에 흔들리면
낙엽 되어 떨어질까 봐 가슴 조이고
붉은빛으로 물들어 가는 내 인생도
비바람이 몰아칠까 두 손 모이네.

세월은 계절을 재촉하고
가을은 떠날 채비를 하니
어쩔 줄 모르는 단풍잎은 떨고 있네.
세월에 매달려 보고 싶은 내 마음같이
이제는 세월도 단풍잎에 기대어 있네.

단풍놀이 가는 날

유난히도 곱디곱네.
꽃보다 아름답구려.
산이 온통 붉게 물들어
과연 만산홍엽(滿山紅葉)이로구나.

눈앞에 펼쳐지는 오색 향연에
노란 미소가 설익은 사랑인 걸
붉은 몸짓이 아픈 사랑인 걸
잠시 잊은 채
그대의 조화(調和)에 홀리는구려.

그대는
아픔을 환희의 꽃으로 피우기 위해
마지막 불타는 연출을 보여주려는데
그대를 찾아온 이도
오늘 하루만이라도 모든 걸 접고
아픔을 씻어보고 싶은 날이란다.

가을 향기

계절이 뒤섞인 청계산 자락에
단풍잎은 떨어질 자리를 보는 듯
나뭇가지에 머물러 있는데
낙엽이 뒹굴고 있는 땅에는
지난밤 언 흔적이 뚜렷하구려.

푸름이 그리운 나목(裸木)처럼
젊은 시절이 그리운 군상(群像)들,
수 없이 오고 가는 계절의 길목을
아주 처음 걸어가 보는 것처럼
오색영롱한 빛 따라 오르는 길
가쁜 숨을 쉬면서도 마다치 않네.

계절의 바람은 쌀쌀하게 불고
가을 향기는 저만치 가고 있지만
허전한 몸과 마음을 보듬어 줄
넓고 포근한 그대의 품은
아직도 소중한 내 벗인 걸
어찌 잊으리오.

가을비 오는 날

온종일 비가 내렸으면 좋겠네.
장대처럼 쏟아져 개울물이 넘쳐
갈 길이 막혀 버리면 더 좋겠네.

머물고 싶은 마음인데
머물러야 할 이유를
말하지 않아도 되니까.

싸늘한 맨땅에 뿌려진
사랑의 씨앗에
예쁜 싹도 틀 수 있을 것 같아서.

비 온 뒤에
땅이 굳어진다는 진실,
가을비 오는 날도 통했으면 좋으련만

백마강, 속으로 우는 사연

백제의 혼(魂)과 속삭이고 싶어
겨울비가 휘날리는데도
부소산성 반월루에 올라가 보니
반달처럼 휘감아 흐르는 백마강은
옛 영광이 그리운 듯 말이 없구나.

종묘사직이 송두리째 무너지는 날
서리 맞고 떨어지는 꽃잎처럼
꽃으로 떨어진 여인들의 원혼,
충절과 굳은 절개
그 누가 알아주랴.
노송은 천 년 동안 말없이 지켜주고
바위에 기댄 고란초도 그 뜻을 같이하니
고란사의 풍경소리가 심금을 전해 주네.

낙화암이 품고 있는 그 진실 듣고 싶어
진산의 풍광에 흠뻑 취해보고 싶어
구드래 나루터, 너를 찾는다.
말없이 흘러가는 백마강,
속으로 우는 그 사연 잊을까 봐
오늘도 흐른단다.

오지랖

넓기도 하지만 떨기도 잘하네.
너를 두고 이르는 말일세.
당하는 이 아랑곳없이
세상일 다 아는 것처럼
혼자 떠들며 참견도 잘하지.
어릴 적에 그러면
호기심 많고 똑똑하다고나 하지.
어른이 되고도 그러면
미움 받고 눈총 받기 일쑤인데도
언제 어디서나 네가 있게 마련이니
약방에 감초처럼 여길까.
겨울철에 사라진 모기,
여름철에 기다려지지 않겠지.

머물고 있는 벽시계

너는, 세월 앞에 버티고 섰구려.
고장도 없이 머물 재주가 있는 듯이
가고 싶지 않으면 안 가도 뇌는 듯이
마치 가는 세월 잡아 둘 수 있는 것처럼

꼬박꼬박 가는 시계 얄미워지네.
가는 세월 재촉이나 하는 듯이
너무나 많은 날을 삼켰을 것 같아
눈총까지 주고 싶다네.

언제나 한자리에 머물고 싶은 나,
머물고 있는 네가 부럽기도 하여라.
잠꼬대 같은 소리에 새벽닭이 운다.
거침없이 가는 게 세월인가 봐.

제3부
하필이면

그 순간에서도 찰나 같이 지나가는
꿈속에서 그리던 임 만난 잠꼬대로
배꼽 잡고 웃는 이가 누구든가?

산길

가쁜 숨을 몰아쉬며
힘겹게 겨우겨우
올리온 길

곰곰이 생각해 보면
자연을 벗 삼아
인생을 배울 수 있는 고마운 길

아슬아슬한 절벽에 기기도 하고
때로는 성큼성큼 걸으며
내려오는 길

뒤돌아보면
굽이굽이 헤쳐 나갈 수 있는
지혜로움을 주신 스승의 길

낮은 곳이 어때서

높은 건물을 쳐다보면
언제 저런 데 한번 살아보나 싶지만
낮은 곳이 어때서

높이 올라갈수록 전망도 좋다지만
얼마를 못 있고 제 발로 내려오는데
낮은 곳이 어때서

몸값 올리려는 속내 떨쳐버리고
얼굴 없이 정답게 살기에는
낮은 곳이 더 낫다네.

푸른 하늘 흰 구름에 꿈도 실어 보고
찾아드는 햇살을 가슴으로 안으며
낮은 곳에 머물며 높은 곳을 향하리라.

토막잠1

피곤한 심신은 앉은 자리에 맡기고
천근같이 무거운 눈까풀을 못 이겨
청할 거를도 없이 너를 맞이하는구나.

양귀비 같은 꽃도 달콤한 노랫가락도
이때만은 접어놓고 오직 너와 함께
별이 쏟아지는 꿈속에서 헤매는구나.

찰나 같이 지나가는 그 순간에서도
꿈속에서 그리던 임 만난 잠꼬대로
배꼽 잡고 웃는 이가 누구든가?

잠깐 머물다 너를 보내는 아쉬움에
단잠을 깨고 보니 그 임은 어디 가고
봄이 오는 길목에 홀로 서 있네.

토막잠2

노곤해지는 봄날의 오후
꽃샘추위가 토막잠을 깨우네.
꿈속에서 그리다 말은 삶을
아쉽게 그림자로 남기고서,

겨울잠에서 깨어난 청계산은
잠결에서 만난 봄의 향기를
수채화에 담으려나 봐.
임을 데리고 올 달까지도,

따뜻한 봄 햇살이
토막잠은 데려오고
겨울잠은 서둘러 깨워
파란 세상을 가슴에 그리네.

고민(苦悶)

묵은 때를 씻듯이 씻어나 볼까.
이부자리 털듯이 털어나 볼까.
그러면 잘거머리 같은 너, 떠날까.
마음 깊이 자리 잡고 떠날 줄 몰라
내 머리를 짓눌러 지끈지끈하게 해
너 없이 단 하루라도 살 수만 있다면
창공에 새처럼 훨훨 날아볼 텐데
제발, 미련 없이 훌쩍 떠나다오.
빈 가슴 안고 가슴앓이를 하더라도
내, 너를 잡지 않으마.
소원 들던 달님이 함박꽃처럼 웃네.

겨울 일기

사방이 얼어붙은 어느 겨울날
살아간다는 흔적을 새기려고
눈 덮인 언덕길을
발자취를 남기면서 홀로 걸었다오.

숨소리에 묻어나는 하얀 입김에
문득 화롯불에 구운 군고구마
호호 불면서 서로 입에 넣어 주던
부모 형제가 그리워지더이다.

그런 시절 그런 추억이
내가 누린 호사(豪奢)이었던가.
사방이 고요해 발걸음 소리만큼이나
고독은 더 진하게 다가오더이다.

겨울이 입을 다문 탓일까
정을 잊고 살아가는 탓일까
눈 덮인 겨울 풍경화에
내 마음을 그려 넣어본다네.

정월에 비는 소원

떴다! 떴어!
새해 아침 둥근 해가 떴습니다.
구름 창(窓) 열고 그대 얼굴 내미니
모두가 두 손을 모읍니다.

아들딸이 잘되라고,
집집이 웃음꽃이 활짝 피라고,
온 누리에 사랑이 충만하라고,
살맛이 나는 세상 되게 해달라는
우리의 소원 빌고 빕니다.

그대는 빙그레 웃으시면서
"베풀면 돌아오리라." 하시네요.
우린 새해 덕담으로 주신 그 말씀을
마음에 새기고 또 새긴답니다.

겨울 꿈나무

창밖에 나무는 눈보라에 지치는지
잠든 듯이 고요히 말이 없는데
시린 손 호호 불면서도
시린 발 동동거리면서도
힘을 기르는 나무야!

어떤 역경이 닥치더라도
오뚝이처럼 되살아나
호연지기(浩然之氣)를 길러 다오.
그대들은
이 나라를 걸머지고 갈
꿈나무들이란다.

설원에 홀로 서서도
동장군을 피하지 않고
꽃 피우고 잎 피우기 위해
물오르기에 한창인 겨울나무,
씩씩하고 늠름하게
동량(棟梁)으로 자라다오.

고양이의 눈빛

얼음을 이불 삼아 모두가 잠든 세상
너는 벗고 나는 입었는데
내가 왜 이리 추울꼬.
소식 없이 떠난 임,
찾을 길이 묘연해서 일까.

행여나 임의 소식 여기서 들어볼까
호숫가를 맴돌지만 적막강산이로구나.
해를 가린 구름이 원망스러운지
칼바람을 몰고 온 겨울이 원망스러운지
답답한 까치도 울고 가는구나.

북풍한설 매섭다 하여도
피바람이 더 무서워
그 바람 피해 남으로 왔네만
살길이 막막하구나.
거기는 봄바람이 언제쯤 불까?

고달픈 고양이가 인간에게 묻네만
회오리바람이 한창인 이곳에서도
이 한 몸 부지하기도 어렵다는 말에
떠나면서 보내주는 고양이의 눈빛은
"멀쩡한 인간아, 정신 좀 차려라"

마음의 풍향계

기쁠 때면
그대는 푸른 하늘을 날아갈
날개를 펴며

노여울 때면
그대는 마음의 문을 닫고
침묵으로 담을 쌓는다.

슬플 때면
그대는 애끓는 슬픔에 젖어
절망과 시름에 잠기며

즐거울 때면
그대는 꿈나라에 있는 것처럼
괜찮은 인생살이라며 행복에 젖겠지.

喜 · 怒 · 哀 · 樂
피할 수 없는 인생의 쌍곡선,
하지만 황혼 길이 즐겁기만 하여라.

겨울 호수 스케치

네 넓은 가슴에 품고 있는 생명,
모두가 엄마 품처럼 포근해 하는구나.

얼어붙은 호수 위에 내린 하얀 눈,
물속에서 노닐던 물고기도 잠들게 했나 봐
대자연의 숨소리마저 들리는 듯 고요하네.

멍하니 서 있는 재두루미
눈 위에 주저앉은 청둥오리도
새 일터를 찾아 떠날 꿈을 꾸겠지.

노을이 질 때까지 호숫가를 서성이는 나,
둥지에서 어미 새를 기다리는 새끼처럼
임을 기다리며 온종일 너를 맴도네.

봄 같은 겨울

계절은 겨울인데 날씨는 봄이로구나.
동장군도 산마루로 일찍 물러가고
목련 꽃망울이 자랄 만큼 포근하니
초목들도 기지개를 켤까 곁눈질하네.

개울물 흐르는 소리도 다르구나.
바람마저 봄바람처럼 품에 안기니
떠날 채비를 해야 하는지
헷갈리는 겨울 철새.

내 눈까풀도 오후가 되면 무거워지네.
양지바른 곳에서 잠자던 강아지도
기지개를 켜면서 길손에게 물어보는 눈치다.
"아니 벌써 봄이 오려나."

웃자란 보리는
행여나 추워질까 어쩔 줄 모르는데
겨울잠 자던 개구리는,
때가 아니라며 잠을 다시 청하네.

휘날리는 눈발 속에서

가야 해, 가야 해
가던 길은 가야 해.
휘날리는 눈발 속에서도
누군가가 기다릴 것 같은 설원을
발자국을 남겨두고 가야 해.

새록새록 눈발이 날리는 소리에
뽀드득거리는 눈 밟는 소리에
미끄러워 넘어져도
눈이 녹아 옷이 젖어도
철부지처럼 즐겁기만 하네.

사방이 하얗게 펼쳐지니
개구쟁이 강아지도 도란거리다
눈 속을 뒹굴며 사랑을 그린다.
포근하고 고요한 눈발 속에서
매화꽃 필 데를 찾아가야 해.

만남

점과 점이 만나 선이 되는 것처럼
너와 내가 만나면 우리가 되네.
우리의 만남이
아름답고 따뜻한 삶으로 녹아들면
메마른 땅으로 물이 흐르듯이
정이 그리운 이에게 사랑이 흘러
더불어 살 수 있는
살맛 나는 세상이 열리겠지.

설원(雪原)

백두대간 선자령에 설화가 만발하네.
몰아치는 칼바람에도
순백의 옷자락 여미고
눈꽃을 연출하는 그대들이여!
조물주의 걸작이라 천하일색이구나.

오는 이를 반기려는 이정표도
흰 고깔 쓰고
어깨 위에도 흰 솜 걸치고
찬바람 맞으며 서 있어
설원의 망부석 같구나.

눈 위에다 엉덩이 찍어 놓고
눈 덮인 목장,
눈 위에 발자국 찍는 등산 행렬,
바람 안고 돌아가는 바람개비 바라보니
한 폭의 그림이구나.
매서운 찬바람을 안고 도는
꾸밈없는 눈송이의 춤사위에
연출자도 없고 지휘자도 없는데
바람 소리 더해지니
찾는 이가 황홀경에 빠져 버리네.

넘어가는 겨울 해가 야속하지만
낮과 밤 시달린 선자령도
고요 속에 묻혀 잠들 채비할 땐가 보다.
해 따라 걸음 재촉하는 나그네
저녁노을을 뒤로하네.

큰 약속

가을빛에 말라져 가는 풀잎처럼
몸과 마음이 졸아붙어 가는데도
저렇게 간절한 것은
잃어버린 혼을 찾으려는 것이지.

온몸이 만신창이가 되어도
엉엉 울 수도 없어
억수처럼 비 내리는 날
대성통곡을 한 날이 그 얼마인가.
또 골방에서 흐느끼며 보낸 날이
하늘에 잔별처럼 헤아릴 수 없어라.
얼마나 가슴 칠 일이면 그럴까.
이런 심정을 쪽발이는 알 리 없지.

울다 지쳐 하늘나라로 떠난 임아!
몸은 이제 타계에 계실지라도
뜻은 사라지지 않으리라.
임은 더는 눈물을 흘리지 말아다오.
복수의 자물쇠는 끝내 우리가 풀리라.

시작 노트: 2014.1. 26 일본군 위안부 할머니 별세소식을 접하고 쓴 시

마음

지구는 둥글고 세상은 넓은데
내 마음은 언제나
밴댕이 소갈머리처럼
좁아지고 움츠러드나 싶어 두렵다네.

천 년 고목을 바라보노라면
그 마음속에는 얼마나 큰 바다가 있기에
세월의 흔적을 모두 품고 살까 싶어
저절로 고개가 숙여지네.

세월이란 흐르는 물에
깎여지지 않은 돌이 어디 있으랴.
만고풍상 다 겪은 진실한 삶이라면
그 마음은,
향기를 머금는 조약돌이 되겠지.

바람의 소식

하늬바람이 부는 2월,
굴 내음을 흠뻑 머금고 와
가슴속으로 파고드니
무궁화에 몸을 싣고
광천으로 떠날 수밖에.

남녘에서 부는 바람,
매화꽃 향기 가득 싣고 와
내 마음을 흔들지만
갈매기의 날갯짓 그리워
남당항에 발걸음을 멈추었네.

때로는 돌개바람이 불어도
손을 잡고 정(情)으로 살자며
술잔을 높이 들고 부딪치네.
우리 사이에는 언제나
산들바람만 불어다오.

코뚜레

막무가내로 나대기만 하고
일도 안 하고 꾀만 불리는 망아지
길들이는 데 쓰인다는 코뚜레,
인간들은 지혜라고 생각하겠지.

넓은 초원에서 풀을 뜯고
마음껏 뛰어다니고 싶은
망아지는 어떻게 생각할까?
뒷발질해서라도 벗고 싶은 거겠지.

물불을 안 가리고 성공하려고
복이 들어오고 돈도 벌려고
자손 번성하고 만사형통하려고
무엇이 코청을 꿰는지 모르는 인간.

부자가 되고 싶으면 돈이
출세하고 싶으면 권력이
성공만 바라보면 욕망이
당신을 길들이는 코뚜레가 될 테지.

남산에 오른 사연

그대의 속살을 볼 것 같아
내 영혼을 잠 깨워
비 오는 정상을 단걸음에 올랐지.

고향 같은 포근한 한옥마을,
나라 걱정에 눈물 흘릴 열사님,
뒤로하고 봉수대로 달려갔네.

나라 사정 알리려는 데라,
요즘 돌아가는 나라 꼴 알리자며
입에 거품 물던 그이 찾으려고 갔네만

딴전 피는 꼴불견도 자욱한 안개도
모두가 훼방꾼인가 봐.
갈수록 더 오리무중(五里霧中)이라
둥근 해가 뜨는 날 다시 찾으마.

그림자

내가 가면 너도 가고
서면 같이 머무는 그림자야,
어딜 가나 따라다녀
언제나 함께 할 줄 알았는데

하지만, 석양이 비칠 무렵이면
길게 자란 네 모습에
사라질까 두렵기만 하다네.
어둠이 다가오면
모두가 떠나는 것처럼

호수에 비친 산(山) 그림자야,
서산마루에 해 걸리기 전에
포근한 그대 품에 안기어
고즈넉한 한때를 보내고 싶네.

공존(共存)의 땅

지구 반대편 소리에 귀를 기울이며
많은 이와 진한 인연을 맺고자
나그네를 사처하고 나서본다.

온통 푸른 산과 들에 바다마저 쪽빛이니
저 속에서 숨어 있는 행복이 너무 커 보여
지상 낙원에라도 온 듯 머물고 싶어들 하네.

자연이 아플까 봐 나무 사이에 집을 짓고
바람도 넘나들고 소도 양도 이웃이 되니
대자연의 아름다움은 이방인만 느끼는 듯하네.

넓은 초원에서 풀을 뜯는 이들을 보노라면
서두르지도 보채지도 않아 허둥대는 이에게
느림의 미학을 깨우쳐 주려는 듯하네.

서로의 눈물을 닦아주는 원주민도 이민자도
살아있는 초목(草木)까지 끔찍이도 사랑하니
자연도 포근한 품을 내어 주는 곳이란다.

쉴 새 없이 물 갈퀴질하는 학처럼
설움과 고통이 승화한 이민자의 흔적이
아름다운 꽃으로 피어난 곳이란다.

이제는 앞만 보고 가다 생긴 아픔까지도
보듬어 주는 곳, 모두가 머물고 싶은
공존(共存)의 땅이란다.

2013. 9. 24 ~10. 1 호주, 뉴질랜드 여행 소감

홀로 선 나무야

몽촌토성 한가운데 홀로 선 나무야,
비가 오나 눈이 오나
묵언(默言) 수행(修行)을 하는 건가.

드넓은 토성을 혼자 지키려니
할 말조차 잊은 건가.
아니면, 꿈 마을(*)의 전설을 간직하려니
할 말이 너무 많아 외로움도 잊은 건가

아니야, 내 꿈은
찬란한 문화의 꽃이 피다 시들어진
백제의 혼(魂)을 찾아 지키려는 것이야.

지금도 오백 년의 흔적 사라질까
더 많은 진실을 알기 위해
넓고 깊게 뿌리를 내리고 있다네.

---

* 꿈 마을: 몽촌(夢村)의 옛 이름

별

밤하늘에 반짝이는 별처럼
내 눈에 쏙 들어오는 별
가슴에 품으면 그 별
내 별이 되는 줄 알았습니다.

그 별,
긴 포물선을 그리면서
금방 사라지는 별똥별처럼
머뭇거림도 없이 가버렸나
내 눈에는 통 보이질 않네요.

그래도 그 별
내 가슴속에 남아
어두운 밤하늘에
반짝이는 별처럼
곧바로 돋아날 것입니다.

세상살이

이러쿵저러쿵 말 많은 세상살이,
제 잘난 맛에 산다지만
남에게 욕 안 먹고 살아야지.

아무리 물 흐르듯 살고
바람 부는 대로 살라고 하지만
겉 다르고 속 다르게 살면 안 되지.

올라가지 못할 나무,
쳐다보지 말라지만 그렇다고,
꿈도 희망도 버리라는 건 아니잖아.

해도 달도 가슴에 품고
앞도 보고 옆도 보고
때로는 뒤돌아보면서
인생을 살찌우는 것이란다.

제4부
어떻게 할까

정들어 그리던 고향이라지만
집은 허물어지고 담도 사라지니
고향은 고향이로되 고향이 낯설구나.
동부레기 젖 먹던 시절 그리워
또, 낙산을 걷는다.

까치들의 반란

성내천 언저리 나무에 모인 까치들
자리다툼도 하며 부산함을 떠네.

나뭇가지에 앉아서 눈으로 말하면서
무리를 지어 다시 오지 않을 것 같이
휘~잉 날아가며 울음으로 무엇을 알린다.

　'땅을 잇고 물길을 열라' 는 것일까.

곧 돌아오더니 이제는 땅에 내려앉아
모두가 땅에 분풀이하듯 쪼아대면서
꾸르륵거리며 불편한 심기를 보이네.

　'먹을 것도 살 곳도 시원찮다.' 는 것일까.

어느새 나뭇가지로 올라와 부리를 비비며
사랑을 나누다 갑자기 하늘로 날아오른다.
독수리 같은 무서운 자가 보이지 않는데도

못살게 구는 인간들 꼴 보기 싫어서일까.
까치야! 돌아와 함께 살자.
올 설날에 기쁜 소식 너에게 듣고 싶네.

은행나무

나라 잃은 슬픔 안고 태어났는지,
마의태자는 알겠지.
죽은 나무가 산 나무로 환생했는지,
의상 대사는 알겠지.

출생의 비밀 다 알 리 없지만
사천왕처럼 부처님 수호하며
천 년 향기 품은 그대가
나라의 변고까지 알려 주니
영험 있다는 소문 자자하더라.

어리석은 자, 지혜롭게 살고
올바르게 사는 법도 일러주렴.
흐르는 물처럼 세월처럼 사는 것도
그대는 성인처럼 다 알고 있겠지.

복 받기만을 빌고 가는 속인들아,
애당초 없었던 복,
그댄들 어찌 줄 수 있으랴.
천 년의 역사, 온몸으로 보여준다네.

빛과 소금

베풀고 나누자고 팔을 끌면,
"가진 것이 있어야지." 라며
손사래부터 치던 이가 이제는
아니야,
수십 년을 갈고 닦은 재능 보따리에,
돈은 없어도 있는 것은 시간뿐이라며
두 팔을 걷고 나설 만큼 달라진 그대

오늘도 달려간다. 솔선수범하자며
가는 곳마다 행복의 씨앗 심고
물도 주고 잡초도 뽑아주는 그대,
비바람을 맞으며 자란 행복나무에
알알이 익어가는 노란 열매를 보노라면
황금벌판에 서 있는 농부의 마음 같다나.

쳐주는 박수 소리 먹고 산다는 그대,
등 떠미는 이 없지만 제멋에 겨워
베풀고 나누는데도 지칠 줄 모르고
더 즐겁고 좋은 봉사를 위해서라면
지식도 익히고 말 춤까지 배워가며
자기를 낮추고 눈높이도 맞춰가며
숨은 끼를 찾자며 목소리를 더 높인다.

해 뜨는 날이면 자원봉사하는 날
좋은 일 궂은일이 따로 없다는 그대,
언제나 아픔은 나누고 고통을 덜어주면서
알아주는 이 없어도 반겨주면 좋다는 그대,
초롱초롱한 눈망울에 눈빛이 마주칠 때면
마음마저 젊어지고 편안하다는 그대는
함께 사는 세상 만드는 빛과 소금이라네.

2013년 과우봉사단 자원봉사 수기집 "봉사는 사랑을 싣고"에 수록 (권두시)

연리지 사랑 엮어가세

서로가 마주 보다 연리지가 되었네요.
과연 천생연분이로군요.
이세는 언제 어디서나
한 곳을 바라보며 함께 갈 때
행복의 꽃은 늘 피어 있답니다.

그 꽃 저절로 필 리 있나요.
비바람이 불고 천둥 번개가 쳐도
된서리가 내리고 눈보라가 치는
그런 시련 몇 번을 겪고서야
비로소 그 꽃 열매 열린답니다.

그 열매 저절로 익어갈 리 있나요.
흔히들 말하기를 네모와 세모가 만나
둥근 원을 만들어 가는 게 행복이랍니다.
자존심은 접어두고 칭찬은 아끼지 말며
서로가 배려하고 아쉬운 건 채워주는 게
행복을 키우는 근원이랍니다.

행복은 가꿀수록 커지는 것이랍니다.
행복을 가꾸는 그 길,
누가 먼저랄 것 없이 함께 걸어갈 뿐입니다.
연리지 사랑처럼 이 순간부터
서로 덕 보겠다는 생각 버리시고
작은 일에도 고마워할 줄 알면 됩니다.
그대들이 가는 길에 축복의 박수를 보냅니다.

안개 속을 거닐며

어제를 돌이켜 본다.
누구에게
상처를 주지는 않았는지
눈물을 흘리게 하지는 않았는지
모두가 다 내 탓인 걸

오늘은 더 잘해보자고 다짐한다.
누구에게나
웃음꽃을 보내드리고
가진 것은 베풀자고
떠날 때는 빈손으로 갈 텐데

내일의 삶을 어떻게 살거나.
밝은 세상 열리기를 기도하지.
꽃들이 모여 꽃동산을 이루고
따뜻한 정이 모여 이웃이 되듯이
온정이 끝없이 꽃 피는 세상을

갈 길이 멀어도

갈 곳도 모르는데
자꾸
빨리 가자고만 재촉하네.

가는 길도 모르니
거저
남 따라만 가는 것 같구나.

아무리 갈 길이 멀어도
뜬구름 잡고 하소연하지 말고
돌다리도 두드려 보고 건너야지.

같은 하늘 아래 살면서
늘 갈 길이 다르다면
이걸 어쩌면 좋을꼬.

기다림

그토록
보고 싶은 너를
볼 수만 있다면
낮이나 밤이나
눈을 감고 살 수 있어.

그토록
돌아오기를 기다린 너를
만날 수만 있다면
천리길도 마다않고
어디라도 달려가야지.

하지만,
눈 감으면 떠오르는
네 모습이기에
나무 그늘 아래서
조용히 눈을 감고
너를 보련다.

홀로 선 왜가리

짝을 잃었나.
떠난 임을 잡지 못한 아쉬움인가.
함께 가지 못한 미련 때문인가.
먼 산만 바라보는 외로운 신세여!

하고 싶은 말 못해 서 있는가.
뒤돌아보면 눈이라도 마주치려고
철모르는 새끼 두고 떠날 수는 없겠지.
속은 타 숯덩이가 되어
날개 접은 망부석이 되었나 봐.

동병상련(同病相憐)의 마음이로구나.
나 그대 되고, 그대 나 되어
묵은 회포 서로 풀어보자는데
한마디 말도 없이 날개를 편다.

낙산을 걷는다

반갑다는 이도 없는데
성치 않은 몸으로
시린 무릎을 이끌고
백발을 휘날리면서
낙산을 걷는다.

길섶에서 봄을 기다리는 햇풀아!
수더분히 앉아있는 바위야!
모두가 반갑네만
산새는 낯가림을 하는지
반기기는커녕 멀어만 가는데
낙산을 걷는다.

더 선명해지는 지난날의 흔적들
끝내 찾아볼 수 없는 사람들
모두가 세월의 등 뒤에 숨었구나.
인생길 가다 보면 함께 만나려나 싶어
낙산을 걷는다.

정들어 그리던 고향이라지만
집은 허물어지고 담도 사라지니
고향은 고향이로되 고향이 낯설구나.
동부레기 젖 먹던 시절 그리워
또, 낙산을 걷는다.

*낙산(樂山): 동네이름(경북 칠곡군 지천면 낙산리)

국선도와 함께 하는 인생길

세월은 흘러가고 비바람이 다가오니
몸도 마음도 허물어지게 마련이더라.
무엇으로 막을쏘냐.
바라만 보지 말고 국선도에 몰입하세.
주저할 게 어디 있나 시작이 반이라는데
몸치라도 눈치 볼 것 없다네.
따라 하면 그만인 걸

때늦어 후회하기 전에 수련하세.
설경자(舌耕者)는 소용없다네.
오정훈을 교훈 삼아 육공법을 실천하여
생활선도(生活仙道) 구현하면
마음의 평화도 되찾을 수 있고
무병장수를 누린다네.
꾸준히 행공하고 무리하지 않으면
진정한 나를 찾아 행복도 누린다네.

心 · 身 · 呼吸,
조화로운 행공이 으뜸일세.
마음은 안정되고 편안하게
몸은 갈대처럼 유연하고 부드럽게
들숨 날숨 숨쉬기는 어린애처럼 한다면
우주의 기(氣)를 받아 활력을 되찾고
소우주에 건강한 꽃을 피우는 게
국선도의 참모습이라네.

내가 아는 모든 이를
국선도 행공으로 인도하고 싶다네.

개구리 행복

봄바람에
바람난 개구리

소문 없이 언제
사랑을 속삭였나.

올챙이 꼬물꼬물
헤엄치네.

배려석(配慮席)

발 디딜 틈 없는
콩나물시루 같은 곳에

넌, 누구를 위해 있는데
난, 교통약자.

그래서
정이 흐르는
사람 냄새가 나는구나.

돈 · 돈 · 돈

돈에는 "돈" 자가 없네만
그래도 돌고 돈다.

인생을 살맛 나게 만들지만
때로는 인생의 마침표를 찍으니

함부로 굴리지 말고
달래고 품어야지.

세월의 의미

해가 뜨고 지니
달도 차고 기우네.
사계절이 오가니
세월은 흐르네.

아들이 태어나고
손자가 재롱부리니
그 세월
한없이 머물게 하고 싶다네.

기나긴 한강물도
떨어지는 빗방울이 모여 되듯이
그 세월 또한
검은 밤 하얀 밤이 모여 되겠지.

저 세상에서 꽃으로 피어다오

순진한 젊은이는 믿고 있었는데
구명조끼를 입고 기다리면
나를 구해 줄리라는 것을,
그 믿음이 얼마나 어리석은지를
차오르는 물이 발목을 잡고
목숨을 내놓으라고 할 때 알았지.
너만 믿고 있다가 날벼락을 맞은 것을

칠흑 같은 어둠 속에서
차디찬 물속에서
찬바람에 문풍지처럼 떨며
얼마나 살려 달라
애원하고 몸부림쳤을까
가슴만 치고 있는 못난이는
그대 손을 끝내 잡지 못한 채
속절없이 또 하루를 보낸다.

피어 보지도 못한 꽃들아,
그대를 너무나 크게 속였구나.
눈물로도 용서를 구할 수 없구나.
그래도 그대는 웃음으로 다가와
"내 몫까지 다 해줘!"라며
기어이 떠나버리는구나.
산 사람은 살아야 한다면서

저 세상에서 꽃으로 피어다오.

전설의 시인

모두가 그렇게 되고 싶지.
그렇게 되고 싶다면
누구라도
이 길을 꼭 가야만 하지.

지금은
더 높은 곳을 향하여
하늘을 나는 새처럼
쉼 없이 날갯짓만 하소서.

때로는
더 넓은 곳을 향하여
바다를 누비는 고래처럼
쉼 없이 꼬리지느러미만 흔드소서.

그러면 언젠가는
화려한 꽃보다는
나비가 찾아드는
향기로운 꽃이 되겠지.

고목(古木)

만고풍상을 다 겪으면서
몇백 년 땅에 뿌리를 내리고
해와 달을 품으면서
하늘을 쳐다봐도
한 점 부끄러움 없이
살아가는 저 나무 좀 보소.

몸과 마음에 군더더기뿐인
내 삶,
이제라도 너처럼 살고 싶다네.
오가는 사람들에게는
정담을 나누는 쉼터도 되고
길을 묻는 나그네에게는
나침판이 되면서

언덕 위에 핀 꽃

가던 길을 멈추었네.
바람결에 일렁이는
그대 모습에

기다림에 지쳐 핀 꽃처럼
수줍은 몸짓으로
누구를 기다리는 듯 돌아서네요.

다가가 가슴에 품어 보려도
가깝고도 먼 그대,
불타는 가슴에 바람은 멈춰다오.

야멸차게 떠나려도
오다가다 붙인 정 때문에
날개 접은 나비꼴이 되었네.

난고 김삿갓 시인을 뵙던 날

전라도 화순에서 죽었다는 김삿갓이래요.
하지만 이렇게 여러분을 만나 뵙네요.
하늘을 볼 수 없는 죄인이라
삿갓 쓰고 곳곳을 돌아다니는 방랑자가
한과 설움을 읊어본 시가 궁금하다고요.
내 모든 것을 여기에 펼쳐 놓았으니
마음껏 머물다 가시구려.

더 넓은 초원에서 양을 모는 목동처럼
깜깜한 밤에 한 줄기 빛이 되기 위해
외로운 길을 가고 있는 시인들아!
그때 그 시절에
풍류와 해학을 좀 했기로서니
제 할아비도 몰라본 놈에게
무엇을 배우려고 오백 리 길을 달려왔나.

마음을 비우고 흰 종이를 펴고서
오늘을 보는 세상을 마음껏 그려라.
그러면 막혔던 가슴 뚫어진다며
속 시원해 하고 흐뭇해 하는 이 많으리라.
한 곳에 머물 수 없는 바람 같은 신세라
이제는 아침에 내린 이슬이 사라지듯이
바람처럼 왔다가 바람처럼 가련다.

화(禍)1

욱하는 마음에
자기도 모르게
두 주먹을 불끈 쥐고
마음대로 휘젓고
큰소리도 치고 싶은 게
너의 참모습이랄까.

하지만 참고 참자며
창문을 열고 깊은 숨을 쉬고
애꿎은 베개에 주먹질도 하고
땅이 꺼지라고 발을 구르며
끝내 참고 사는 것이
후회 없는 인생살이란다.

화(禍)2

울컥하는 마음에 소리를 질러보고
때로는 못마땅하여 삿대질도 하고
바위처럼 침묵으로 일관하기도 하지.
참으로 네 모습이 여러 가지로구나.

언제나 내고 나면 "참을 걸" 하면서
가슴을 치며 후회를 하지만
하얀 종이 위에 먹물을 쏟은 듯
지워지지 않는 상처를 남기기도 하지.

성난 폭군이 따로 있나, 때로는
주위를 공포의 도가니로 몰아넣고
순간의 실수로 평생 씻을 수 없는
불행의 씨앗을 너는 만들기도 하지.

불행의 씨앗, 너를
싹트지 않게 다스리려면
언제나 마음을 활짝 열어야지.

열린 마음 알아줄 이 그 누구 없소.

시골뜨기

남의 옷 빌려 입은 것처럼
어색한 형색인데도
아는 것은 제법이라며
비행기 태우는 줄도 모르고
큰소리치며 기죽지 않아도
양식 먹는 법 모른다고
따라붙는 별칭 아닌가.

너그럽게 포용한다면
가르쳐주면 그만인 걸
업신여기고 무시하려는
속 좁은 자의 보호색인가.
무심코 내뱉은 말 한마디에
멍든 상처 하나둘 쌓여
얻은 꼬리표가
그림자처럼 따라다니네.

솔밭

바람이 찾아와
숲의 생명력을 일깨운다.
솔밭을 찾아드는
날짐승에게 싫은 내색 없이
베풀고 머물게 하니
따뜻한 솔밭의 온기가 느껴지네.

늘 변함없는 그대의 품성에
편안하게 찾아드는 새벽 인간들,
몸을 닦고 조이며 기름을 치며
그대가 발산하는 피톤치드를
마음에 담으려고 두 팔을 벌리네.
솔 향이 폴폴 날 때까지

늘 푸른 소나무여!
그대가 잘 자라면
잣나무도 기뻐한다지.
솔바람 소리만 듣고도
밤하늘에 별을 보는 듯
백 년의 꿈을 꾸고 있단다.

유월이 오면

온 세상을 푸르게 하고
젊음을 찾아주는
그대를 노래하고 싶구나.

수확의 기쁨을 갈망하는
푸른 보리밭에 와서는
보리를 누렇게 익어가게 하고

사랑에 목말라하는
장미밭에 와서는
꽃이 피게 하는구나.

숲 속에 찾아와서는
즐겁게 노니는 산새들에게
산딸기를 주기도 하네요.

청춘 남녀를 찾아와서는
꿈과 희망을 노래하며
행복을 가르쳐주네요.

큰 물결 지나간 아픈 상처도
갈등은 화합으로
미움은 사랑으로
초록의 세상을 그려보자.

JSA에서

온 세상이 푸른데
폭풍의 전야처럼 적막이 흐르고
큰 물결 지난 후에 흔적만 남아
마음의 벽이 하늘을 가리네.

뭇짐승들이 지나다녀도
날짐승이 날아다녀도
벌 나비가 임을 찾아 왕래해도
가는 길 막는 자 보질 못하네.

북녘 땅을 바라보며 외쳐본다.
날짐승이라도 타고 갈 거야.
벌 나비처럼 임 찾아갈 거야.
잡지를 말아다오 우리는 형제야!

그리움에 지쳐 핀 꽃들이
미움으로 변해 시들기 전에
나라 사랑하는 넋이 떠도는 곳에서
평화통일의 길을 함께 열어가세.

2014.5.29 JSA(Joint Security Area; 경비 공동구역)에서

물음표에 피는 꽃

<해설>

삶과 인생, 그 서정적 자아 성찰

곽종철 시집
『물음표에 피는 꽃』

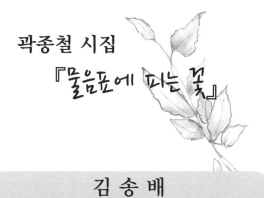

김 송 배
(시인, 한국현대시론연구회장, 전 한국문인협회 부이사장)

1. 삶과 동행하는 인생론

현대 시의 발상에서부터 주제의 투영까지는 그 시인의 삶에서 형성된 체험으로부터 생성하는 것이 대체적인 시법(詩法)이다. 그 시인이 어떤 삶을 살아오면서 인생을 어떻게 영위했느냐 하는 문제가 한 편의 작품을 창작하는 데는 아주 중요한 역할을 하게 된다.

이처럼 시는 한 시인의 정서적인 사유(思惟)가 과거의 회상(recollection)에서 재생된 사물이나 사건이 감정적으로 유사한 모습이나 환상(illusion)을 창조하기 때문에 체험적 사실을 적시(摘示)하게 된다. 시가 체험적인 사건으로 향수(享受) 되기 위해서는 경험 그 자체가 감각적 구체성의 질서로써 공감각적인 필연성을 지니게 된다.

보편적으로 시의 발상은 체험이 시간성에 따라서 다양하게 변화하는 경향을 띠고 있는데 이는 한 사람의 생애에서 과거와 현재를 연결시키고 미래에까지 복합적으로 상관하게 하는 언어의 기능을 중시하는 시법이 많은 시인들이 항용(恒用)하는 발상법이라고 할 수 있을 것이다.

여기 곽종철 시인이 상재하는 두 번째 시집 『물음표에 피는 꽃』은 이처럼 그가 살아온 삶의 내면이 정감적으로 잔잔하게 발현되고 있어서 우리 주변에서 흔히 나타나는 공감의 체험을 느끼게 하는 특성을 읽을 수 있게 한다.

그가 천착(穿鑿)하는 삶의 표면에는 그가 체험에서 획득한 일련의 사건들이 여과(濾過)되고 성찰하면서 과연 삶의 의미와 진가(眞價)는 무엇인가라는 명제(命題)를 구명(究明)하거나 탐색하는 실체적인 인생론을 창조하고 있어서 우리들은 공감의 영역을 더욱 확대할 수 있다.

때로는 웃고
때로는 울었지
생각해 보면
울은 날이 더 많았다고.

너무 아프고 힘들어
때로는 자포자기해
모든 것을 내려놓고 싶었지만
담쟁이를 바라보며 변했다고.

손잡을 데 없는 높은 담벼락
어디라도 기어오르는 집념
보이기 싫은 곳은 감싸주고
쉴 곳도 내어 주는
그런 삶을 그대처럼 살겠다고.

충만한 열매를 맺기 위해
숨 막히는 나날이라도
주저앉아 뒹굴기보다
쉼 없이 오르고 또 오르리라.

  우선 이 작품 「내 삶을 물으면」 전문에서 보는 바와 같이 자기를 반추(反芻)해 보거나 회상하면서 다양한 상념(想念)에서 시적 상황을 도입하고 전개하면서 그는 성찰과 현재의 지향점을 제시하고 있다.
 곽종철 시인은 과거의 희로애락(喜怒哀樂)에서 추출하는 이미지가 현재의 다양한 그의 여망이나 기원 등의 실질적인 언어로 현현(顯現)되고 있는데 이는 '울은 날이 더 많았다'거나 '때로는 자포자기해' 야 하는 상황도 있었으나 어느 날 '담쟁이를 바라보며 변했다'는 진솔한 언술이 정감을 더욱 확대하고 있다.

그는 다시 '숨 막히는 나날이라도 / 주저앉아 뒹굴기보다 / 쉼 없이 오르고 또 오르리라.'는 결론에서 자신의 삶을 화해시키고 있어서 그가 여망하고 지향하는 삶의 의미를 확인하고 더 가치 있게 만들어 가고 있는 것이다.

곽종철 시인은 다시 작품 「안개 속을 거닐며」에서 '내일의 삶을 어떻게 살거나. / 밝은 세상 열리기를 기도하지.'라거나 작품 「영원한 동반자 그대」 중에서 '여유롭고 풍요로운 노후 삶을 위하여 / 그대를 믿고 의지할 수 있어 든든합니다.' 또는 작품 「고목」 중에서도 '몸과 마음에 군더더기뿐인 / 내 삶, / 이제라도 너처럼 살고 싶다네.'라는 어조(語調)로 여망이나 기원이 담긴 삶을 정의하고 있다.

이러쿵저러쿵 말 많은 세상살이,
제 잘난 맛에 산다지만
남에게 욕 안 먹고 살아야지.

아무리 물 흐르듯 살고
바람 부는 대로 살라고 하지만
겉 다르고 속 다르게 살면 안 되지.

올라가지 못할 나무,
쳐다보지 말라지만 그렇다고,
꿈도 희망도 버리라는 건 아니잖아.

해도 달도 가슴에 품고
앞도 보고 옆도 보고
때로는 뒤돌아보면서
인생을 살찌우는 것이란다.
　　　　--「세상살이」 전문

　여기에서는 자아 성찰의 이미지와 동반하는 인생론이 탐색 되고 있다. 곽종철 시인의 심저(心底)에서 분사(噴射)하는 진정한 성찰의 언어이다. 그는 '이러쿵저러쿵 말 많은 세상살이, / 제 잘난 맛에 산다지만 / 남에게 욕 안 먹고 살아야지.'라는 '세상살이'이지만 '앞도 보고 옆도 보고 / 때로는 뒤돌아보면서 / 인생을 살찌우는 것이란다.'는 결론에서 알 수 있는 바와 같이 그의 인생론은 다양한 언어로 전개하고 있다.

　그는 작품 「화(禍) 1」에서 '끝내 참고 사는 것이 / 후회 없는 인생살이란다.'라는 어조로 인생의 지향점을 메시지로 제시하는가 하면 작품 「마음의 풍향계」에서는 喜·怒·哀·樂 / 피할 수 없는 인생의 쌍곡선, / 하지만 황혼 길이 즐겁기만 하여라.'는 긍정의 인생론도 읽을 수가 있다.

　그러나 '세상에 올 때는 울음으로 알리고 / 떠날 때는 말없이 잠이 든다네. // 때로는 기쁨과 즐거움으로 / 때로는 슬픔과 괴로움으로 / 살아 있음을 알아보더라. // 인생의 쓴맛도 단맛도 / 모두가 내 인생이니 / 인생무상(人生無常)이어라. (「덧없는 인생」 전문)'에서 처럼 '인생무상'이라는 단정으로 인생론을 정리하고 있다.

2. '세월의 의미'와 시간성

현대 시에서 시제(時制)를 중요시하는 경우가 있다. 바로 시간성의 문제에서 유발하는 이미지나 주제의 투영이 상당한 시적 효과를 맛볼 수 있다는 점을 간과(看過)하지 못한다.

현대시학에서도 체험적 시간, 즉 의식 내용을 의미 관련으로 조직하여 예술화한 것이 문학이기 때문에 이 시간문제가 시인의 체험 곧 의식 내용과 근본적인 연관을 가지게 된다. 그래서 나타난 것이 시제이다.

우리 시에 자주 발현하는 시간성은 과거, 현재, 미래라는 광범위의 시간이 있으며 아침, 점심, 저녁이라는 하루가 있고, 봄, 여름, 가을, 겨울의 사계절이 있다. 이를 통틀어 시간이나 세월이라고 표현하게 되는데 우리 시인들이 자주 애용하는 소재이며 이미지를 창출하고 있음을 볼 수 있다.

해가 뜨고 지니
달도 차고 기우네.
사계절이 오가니
세월은 흐르네.

아들이 태어나고
손자가 재롱부리니
그 세월
한없이 머물게 하고 싶다네.

기나긴 한강물도
떨어지는 빗방울이 모여 되듯이
그 세월 또한
검은 밤 하얀 밤이 모여 되겠지.
　　　--「세월의 의미」 전문

　곽종철 시인의 시간성은 어떠한가. 그는 '세월의 의미'에서 흘러가는 시간의 이미지가 적시되어 있다. 무정세월 약류파(無情歲月 若流波)라는 말이 실감이 나게 하는 시적 전개이다. 사계절이 지나가는 것뿐만 아니라, 아들과 손자가 태어나고 재롱하는 정경(情景)에서 세월을 절감하게 된다.

세월은 계절을 재촉하고
가을은 떠날 채비를 하니
어쩔 줄 모르는 단풍잎은 떨고 있네.
세월에 매달려 보고 싶은 내 마음같이
이제는 세월도 단풍잎에 기대어 있네.
　　　--「단풍잎에 기댄 세월」 중에서

　여기에서는 세월과 계절이 교감하는 정경이다. 어쩌면 '세월에 매달려 보고 싶은 내 마음'이 가는 세월과 함께 아쉬움을 더하고 있다. 이러한 서정시에서 특징으로 보이는 현재 시제의 사용을 적절하게 구사함으로써 곽종철 시인이 자기의 정감을 투영해서 명징(明澄)하게 주제를 정리하고 있다.

꼬박꼬박 가는 시계 얄미워지네.
가는 세월 재촉이나 하는 듯이
너무나 많은 날을 삼켰을 것 같아
눈총까지 주고 싶다네.

언제나 한자리에 머물고 싶은 나,
머물고 있는 네가 부럽기도 하여라.
잠꼬대 같은 소리에 새벽닭이 운다.
거침없이 가는 게 세월인가 봐.
　　　　––「머물고 있는 벽시계」 중에서

　이 작품에서도 ‘벽시계’의 시간과 세월이 복합적으로
응축(凝縮)되어서 시간이 우리 인간들에게 분사하는 절규
(絕叫)로 나타나고 있다. 여기에서는 과거도 아니고 현재
도 아닌 시계라는 사물에서 부정 시제를 읽을 수 있는데
이는 과거와 현재 그리고 미래까지도 완전히 일체(一
體)가 된 시간 감을 주고 있다.
　그는 ‘언제나 한자리에 머물고 싶은 나,’라는 화자(話
者)가 ‘거침없이 가는 게 세월’을 아쉬워하고 있어서
그가 교감하는 시간성은 바로 그의 삶이나 인생과 직접
연관함으로써 시적 진실을 더욱 확고하게 정립하는 효과
를 이해할 수 있다.
　그는 다시 작품 「국선도와 함께 하는 인생길」에서
‘세월은 흘러가고 비바람이 다가오니 / 몸도 마음도 허
물어지게 마련이더라.’거나 작품 「세월도 비켜가나, 도
봉산아」에서도 ‘묻노니, 그대에게 / 거기는 별천지라 /
세월도 비켜가나.’라는 어조로 그의 시심(詩心)은 인생
탐구와 깊은 상응(相應)을 하고 있다.

3. 자연에서 피는 사랑의 행간(行間)

　곽종철 시인은 친자연적인 서정시인이다. 계절과 동행하는 만유(萬有)의 자연을 그의 시혼에 동반(同伴)시키면서 미적 감응을 유발하고 있다. 이러한 시인이 의식적으로 자아와 시 세계를 동일성으로 추구하는 시법이 있는데 대체로 다음과 같은 두 가지 방법으로 많은 시인이 응용하고 있다.

　첫째는 동화(同化 —assimilation)인데 시인이 자연을 자신의 내부로 끌어들여서 그것을 내적 인격화한다. 실제로 자아와 갈등의 관계에 있는 세계를 자아의 욕구, 가치관, 감정에 적합한 것으로 만들어 동일성을 이루는 작용이다.

　두 번째는 투사(投射—projection)인데 이는 자신을 상상적으로 자연에 투사하는 것인데 이는 감정이입(感情移入)에 의해서 자아와 세계가 일체감을 이루도록 하는 것이다.

졸졸 흐르는 개울물이 부르고
봄바람이 어깨동무하잔다.
눈부신 햇살 힐끗 쳐다보고는
논둑길 밭둑길 살피는 아낙네들,

새싹들 만나는 반가움에 내민 손인데
어느새 냉이는 덥석 소쿠리에 안기네.
머릿결 같은 달래는 곁눈질하고
묵은 풀에 얼굴 내민 쑥도 함께 가잔다.

아낙네 손길 따라 소쿠리로 모여든
파릇파릇한 봄나물들,
향긋한 봄 냄새로 자연을 안겨주니
주름진 얼굴에도 생기(生氣)가 돌아드네.
　　　　──「봄맞이 아낙네」 전문

　곽종칠 시인은 셰절석인 시간성에서 다변화하는 현상들
이 그의 의식에서 서정적 자아를 희구(希求)하는 시법이
다양하게 발현되고 있다. 이처럼 사계절의 이미지를 현실
적인 정감에서 자신이 설정하거나 탐구하려는 자아의 세
계를 안온한 사랑의 실체로 형상화하고 있다.
　이처럼 봄의 이미지는 생명성을 동반하게 된다. 새싹과
더불어 새로운 생명이 탄생하는 희망과 활력이 넘치는 성
스러운 이미지가 생기를 불어넣는다. 그는 결론으로 적시
한 마지막 행간에서 '향긋한 봄 냄새로 자연을 안겨주니
/ 주름진 얼굴에도 생기(生氣)가 돌아드네.'라는 어조에
서 이해할 수 있게 한다.

초목의 새잎이 푸른빛으로 갈아입고
소쩍새 소리마저 평화롭게
신록의 계절을 알리네.

힘찬 기운 받아 만물이 소생하고
가지마다 살이 오르는
희망의 계절이기도 하네.

화사하고 정열적인 장미로
사랑과 젊음이 다가오는
불타는 청춘의 계절이라오.

라일락 꽃향기는 그대 향한
부푼 마음 더욱 설레게 해
계절의 여왕으로 머물고 싶소만
나 또한 지나가는 과객(過客)이라오.
        ――「싱그러운 오월」 전문

　또한 5월은 청춘의 이미지를 담고 있다. 그에게서는
‘사랑과 젊음이 다가오는 / 불타는 청춘의 계절’이며
‘가지마다 살이 오르는 / 희망의 계절이기도 하’다. 그
리고 ‘라일락 꽃향기는 그대 향한 / 부푼 마음 더욱 설레
게 해 / 계절의 여왕으로 머물고 싶’은 ‘싱그러운 오
월’이다.
　이처럼 자연 서정의 시법에는 언제나 계절의 시간별에
상관하는 자연 현상들이 동화나 투사의 방법으로 자아와
밀접한 메시지를 던져주고 있다. 곽종철 시인도 오월이라
는 시간성에서 ‘사랑과 젊음’이 만끽(滿喫)하는 ‘계절
의 여왕’을 알리는 전령사의 시법을 현현하고 있다.

계절의 바람은 쌀쌀하게 불고
가을 향기는 저만치 가고 있지만
허전한 몸과 마음을 보듬어 줄
넓고 포근한 그대의 품은
아직도 소중한 내 벗인 걸
어찌 잊으리오.
        ――「가을 향기」 중에서

그런 시절 그런 추억이
내가 누린 호사(豪奢)이었던가.
사방이 고요해 발걸음 소리만큼이나
고독은 더 진하게 다가오더이다.

겨울이 입을 다문 탓일까
정을 잊고 살아가는 탓일까
눈 덮인 겨울 풍경화에
내 마음을 그려 넣어본다네.
　　　--「겨울 일기」 중에서

　이렇게 사계절의 향기가 넘치는 이미지들이 '살아가는 흔적을 새기'지만 '허전한 몸과 마음'이며 '고독은 더 진하게 다가오'고 있는 것이다. '가을 향기'나 '겨울 일기'는 '아직도 소중한 내 벗'이며 '내 마음을 그려 넣어' 보는 서정적인 자아에의 탐색이다.
　이처럼 우리의 일상적인 의식은 실제의 현실에서 자아와 세계는 엄연히 구분되어 있다. 그러나 자연과 나(자아)를 동일시하거나 내가 스스로 자연이 되는 비정적(非情的) 타자성(他者性)은 시학에서 감상적 오류(誤謬)라는 자연의 인격화가 잘 이루어지고 있음을 이해하게 된다.
　이 밖에도 작품 「4월이 오면」 「봄이 피는 계절」 「봄날은 간다」 「유월이 오면」 「가을비 오는 날」 「겨울 호수 스케치」 「봄 같은 겨울」 「휘날리는 눈발 속에서」 등에서 '네 넓은 가슴에 품고 있는 생명', '싸늘한 맨땅에 뿌려진 / 사랑의 씨앗', '사랑에 목말라하는 / 장미 밭에 와서는 / 꽃이 피게 하는구나.'라는 등의 어조와

같이 자연에서 피워 올리는 사랑의 행간은 청순(淸純)함
에 넘쳐나고 있는 것이다.

4. 꽃과 자연 서정의 향취

곽종철 시인의 서정에는 다시 꽃의 정취에서도 맑게 빛
나고 있다. 앞에서 자연과 시간성을 말했는데 여기서는
꽃과 자연 서정에 대한 담론이 필요하다. 만중홍록(萬重
紅綠), 지천으로 피어있는 꽃의 이미지는 대체로 아름다
움이며 청순한 웃음과 자태 등 다양하게 변환하고 있는데
그의 시에서는 어떻게 나타나고 있는가.

— 할미꽃 : 전생에 무슨 업보로 / 젊어서도 늙어서도 /
허리 한 번 펴지 못하는 / 꼬부라진 그대인가.
— 목련화 : 벌 나비 찾아올 겨를도 없이 / 임과 만날 약속
일도 되기 전에 / 피고 지는 삶을 무어라 부르리까.
— 진달래 : 온 산이 불타오르는 듯 / 그대가 만발할 때면
/ 내 마음도 붉게 타오릅니다.
— 유채꽃 : 붉게 물든 구름 꽃이 피어오르면 / 노랗게 물
던 그 마음도 전하고 싶어 / 포근한 품에 안기운 채 눈을
감는다.
— 아카시아꽃 : 더 깊고 진하게 / 내 가슴속으로 파고드
는 / 싱그럽고 향긋한 그대 향기, / 그땐 왜 몰랐을까.
— 산수유꽃 : 꽃향기에 굶주린 상춘객은 / 아지랑이처럼
피어나는 임 생각하리.

- 민들레꽃 : 들을 노랗게 물들이고 / 봄놀이에 한창이지만 / 그 임은 보이질 않네. / 돌 틈새에 자리 잡은 그대는 / 누구랑 속삭일까.

그렇다. 곽종철 시인의 시각에는 꽃의 향기가 마치 온 누리에 번지면서 사람들의 머리를 순정적으로 맑게 해주는 것 같다. 이 꽃의 상징적인 의미는 꽃의 본질과 형태에서 나누어 생각해보게 되는데 본질적인 면에서는 일시성이며 아름다움이며 시간상으로는 봄이다.

또 다른 한 면은 그 형태에서 꽃은 중심의 이미지이며 영혼의 원형을 상징한다. 또한, 꽃은 그 색깔에 따라서 그 의미가 새롭게 해명되기도 하며 오렌지색은 태양을, 붉은색은 생명과 피의 격정을, 푸른색은 전설 속에서 불가능 등 다양한 형태로 나타난다.

가던 길을 멈추었네.
바람결에 일렁이는
그대 모습에

기다림에 지쳐 핀 꽃처럼
수줍은 몸짓으로
누구를 기다리는 듯 돌아서네요.

다가가 가슴에 품어 보려도
가깝고도 먼 그대,
불타는 가슴에 바람은 멈춰다오.

야멸차게 떠나려도
오다가다 붙인 정 때문에
날개 접은 나비꼴이 되었네.
　　　　--「언덕 위에 핀 꽃」 전문

　여기에서 꽃은 '기다림에 지쳐' 있으며 '수줍은 몸짓
으로 / 누구를 기다리는 듯 돌아서'고 있다. 이는 정
(情)이 넘치는 오묘한 순정의 언어가 공감을 유로(流路)하
고 있어서 누구에게나 시각적으로 정감이 넘치게 하고 있
다.
　곽종철 시인은 앞에서 열거한 바와 같은 특정의 꽃이 아
니라 야생화의 시각으로 응시한 꽃이지만 기다림의 '그대
모습'으로 형상화하고 있다.

유난히도 곱디곱네.
꽃보다 아름답구려.
산이 온통 붉게 물들어
과연 만산홍엽(滿山紅葉)이로구나.

눈앞에 펼쳐지는 오색 향연에
노란 미소가 설익은 사랑인 걸
붉은 몸짓이 아픈 사랑인 걸
잠시 잊은 채
그대의 조화(調和)에 홀리는구려.

그대는
아픔을 환희의 꽃으로 피우기 위해
마지막 불타는 연출을 보여주려는데
그대를 찾아온 이도
오늘 하루만이라도 모든 걸 접고
아픔을 씻어보고 싶은 날이란다.
　　　　　ーー「단풍놀이 가는 날」 전문

　이 작품에서는 ‘단풍’이라는 ‘만산홍엽(滿山紅葉)’에
심취해서 ‘그대’라는 의인법으로 사물을 노래하고 있다.
이 ‘오색 향연’은 바로 ‘노란 미소가 설익은 사랑’이며
‘붉은 몸짓이 아픈 사랑’이라는 상징적인 의미를 투영
하고 있어서 아름다운 풍경화의 모습으로 현현되고 있다.
　그는 다시 ‘그대의 조화(調和)’를 통해서 ‘아픔을 환
희의 꽃으로 피우기 위해 / 마지막 불타는 연출을 보여’
주려는 서정성은 순정미가 가득 흐르는 그의 시법을 이해
할 수 있게 된다.
　이 밖에도 작품 「낙화」에서 ‘꽃잎 진 그 자리에 / 새
생명이 잉태하니 / 기쁘기도 할 걸세.’라거나 작품 「은
행나뭇잎」에서는 ‘떨어지는 춤사위를 보노라면 / 모든
짐 다 내려놓고 / 베풀 것이 더 없나 싶어 / 뒤적이는 당
신 같구나.’그리고 작품 「솔밭」에서도 ‘바람이 찾아
와 / 숲의 생명력을 일깨운다. / 솔밭을 찾아드는 / 날짐
승에게 싫은 내색 없이 / 베풀고 머물게 하니 / 따뜻한 솔
밭의 온기가 느껴지네.’라는 정조(情調)의 시심이 그의
내면에서 흘러넘치고 있다.

곽종철 시집 『물음표에 피는 꽃』에서 살펴본 그의 시적 행간에는 천성적으로 타고난 서정성을 배제하고는 시가 창작될 수 없다는 결론에 이른다. 그는 이미 '작가의 말'에서 '삶이 흐르는 곳엔 언제나 고운 정 미운 정이 어우러져 꽃을 피운답니다. 좋으면 좋은 대로 슬프면 슬픈 대로 심금(心琴)을 울릴 수 있는 시 한 줄을 드리고 싶습니다.'라는 그의 진실을 분사한 바와 같이 그의 순정적 자아 인식은 우리 서정시의 큰 바탕으로 자리할 것을 기대하게 된다.

그러나 일찍이 영국의 시인 셸 리(Shelley)가 말한 대로 시는 최상의 마음으로 가장 훌륭하고 행복한 순간의 기록이 되어야 하고 그것이 영원한 진리로 표현된 인생의 의미가 되어야 함은 상당한 설득력을 제시해주고 있어서 이러한 인생의 의미, 가치관 등이 포괄하는 시적 진실이 작품의 중심으로 창조되어야 함을 항상 염두에 두어야 할 것이다. 시집 출간을 축하한다.

물음표에 피는꽃

곽종철 시집

초판 1쇄 : 2015년 7월 27일

지 은 이 : 곽종철

펴 낸 이 : 김락호

디자인 편집 : 이은희

기 획 : 시사랑음악사랑

인 쇄 : 청룡

연 락 처 : 1899-1341

홈페이지 주소 : www.poemmusic.net

E-Mail : poemarts@hanmail.net

정가 : 10,000원

ISBN : 979-11-86373-12-5